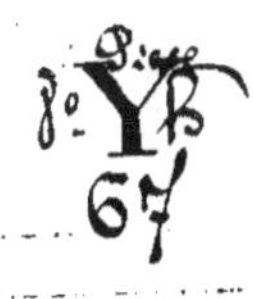

Maurice BLONDEL

LA

PSYCHOLOGIE DRAMATIQUE

DU

MYSTÈRE DE LA PASSION

A OBERAMMERGAU

EXTRAIT DE « LA QUINZAINE » DU 1ᵉʳ JUILLET 1900.

MAURICE BLONDEL

LA
PSYCHOLOGIE DRAMATIQUE

DU

MYSTÈRE DE LA PASSION

A OBERAMMERGAU

EXTRAIT DE « LA QUINZAINE » DU 1ᵉʳ JUILLET 1900.

LA PSYCHOLOGIE DRAMATIQUE

DU « MYSTÈRE DE LA PASSION »

A OBERAMMERGAU

Depuis le vœu qui, en 1633, les préserva de la peste, jamais les habitants d'Oberammergau n'ont manqué de payer leur dette sacrée en représentant, tous les dix ans, le « mystère de la Passion ». C'est cette année même, du 20 mai au 30 septembre, qu'ils s'acquittent de leur pieux devoir. Je ne louerai point leur fidélité à l'antique promesse, leur zèle chrétien, leur respect pour l'Évangile (1) : je me propose seulement ici d'examiner le problème d'esthétique religieuse que font naître de telles représentations. Car, aussi longtemps qu'elles s'adressaient à des simples et à des croyants, on pouvait n'y voir qu'une expression ou qu'un aliment de la foi populaire. Mais, à mesure que grandit le flot des spectateurs partis des points les plus divers de l'espace et des positions les plus différentes de la pensée pour se rencontrer dans une commune émotion, de nouvelles questions surgissent que le succès même de cet art, en apparence singulier et exceptionnel, ne permet pas de laisser sans réponse.

Et voici comment s'offre à nous le problème : du fait que *la Passion*, au lieu d'être ou lue ou méditée ou prêchée, est *jouée* sur la scène et donnée en spectacle ; du fait, par conséquent, qu'à Oberammergau elle devient une fiction poétique, qu'elle relève des lois nécessaires de l'optique théâtrale ; du fait, en un mot, qu'il y a là une convention qui, comme toute convention dramatique, est destinée à produire l'illusion ou à usurper la

(1) Ne touchant point à l'histoire ou à la description du « Mystère de la Passion », je renvoie le lecteur à l'étude historique et critique que mon frère Georges Blondel vient de publier chez Lecoffre sur ces représentations d'Oberammergau.

place de la réalité même, ne voit-on pas naître aussitôt d'étranges difficultés? Et pourra-t-on échapper à ce dilemme : ou bien le sentiment conservé et partout présent de l'auguste vérité historique écartera comme une profanation tout plaisir d'art, toute liberté du jeu; ou bien la jouissance du spectacle et l'impression esthétique qui résulte de la fiction, par cela même qu'on prend la fiction pour une réalité et non la réalité pour une fiction, supprimera le caractère religieux du spectacle : *jouer la Passion, Passionspiel*, les mots mêmes ne sont-ils pas, en effet, ou sacrilèges ou dénaturés par leur rapprochement (1)?

Que de telles questions soient soulevées par les représentations votives de ces montagnards de la Haute-Bavière, auxquelles les spectateurs étrangers semblent admis comme par surcroît puisqu'elles ne leur étaient pas d'abord destinées ; que ces difficultés, en apparence si insurmontables, s'évanouissent à Oberammergau comme par enchantement, même aux regards les plus prévenus et les plus critiques, c'est là, sans doute, la preuve la plus haute de la beauté et de l'efficacité de cet art populaire et chrétien. Peut-être, en examinant quelques-unes des causes secrètes de l'émotion artistique qu'éprouvent les plus croyants, et de l'émotion pieuse qu'éprouvent les plus incrédules, devrons-nous à ces paysans des leçons d'esthétique ou d'apologétique singulièrement précieuses : ils nous ouvriront sur la poétique dramatique, sur l'avenir du théâtre chrétien, sur l'art même, les vues les plus neuves et les plus profondes.

Comment procéder? et par où entrerons-nous dans cet examen complexe et délicat? — A la scène, et dès lors qu'on accepte d'assister à une représentation, l'on admet la donnée initiale avec la plus large facilité, mais sous bénéfice d'inventaire : c'est là une façon de supposer le problème résolu, avant de justifier solution et données mêmes. — Il n'en va pas autrement à Oberammergau : tous, fidèles ou incrédules, nous nous trouvons, par l'effet de la convention théâtrale, placés dans un même état de bonne volonté provisoire et de croyance sceptique; ce sera

(1) C'est en effet le grief qu'au xviii° siècle et surtout encore en 1810 les autorités ecclésiastiques et civiles, des ministres du roi de Bavière comme Montgelas invoquèrent pour réclamer la suppression d'un spectacle dont la seule idée, disait-on, est souverainement choquante.

au spectacle de se justifier lui-même. Pourra-t-on profiter et comment profitera-t-on de cette condescendance première? Nous voici, pour un instant, tous chrétiens de désir et prêts, par hypothèse, à pénétrer dans les sublimités du drame : saura-t-il garder et conquérir nos esprits et nos cœurs sous le double sceau, par la double preuve de l'admiration et de l'édification?

Considérons donc le fond même : est-ce un drame? et les ressources mises en œuvre : sont-elles appropriées au sujet? Ne craignons pas d'aller trop avant dans l'analyse et de supposer chez le spectateur une intelligence trop pénétrante. Car, dans une telle œuvre dévotement fidèle à l'Évangile, pas une idée qui ne s'incarne dans les faits les plus parlants; pas un mouvement secret qui ne se traduise par des actes, humblement, pour les plus humbles, pleinement, pour les plus philosophes.

I

Est-il vrai d'abord que « la Passion » nous offre un sujet dramatique et que, sans la plus légère retouche au texte sacré, l'Évangile fournisse une matière littéraire, une pièce vraiment composée pour la scène et bien faite? Oui ; et la première merveille qui nous frappe à Oberammergau, c'est la force, la netteté rapide, la cohésion naturelle de « l'intrigue ».

Mais c'est que l'intrigue même (et voilà pourquoi ce mot nous choque aussitôt) apparaît ici comme la simple expression d'une logique plus profonde que celle des faits accidentels parmi lesquels elle se déroule. Quel est le fond de tout drame? C'est une destinée qui se décide, à travers le conflit des passions, dans la grandeur d'événements héroïques ou sanglants qui sont l'occasion ou l'effet même de sentiments capables d'emplir et de briser un cœur d'homme. Eh bien, ici, ce n'est pas du seul problème d'une destinée individuelle, ni même du sort d'un peuple ou d'une race qu'il s'agit; c'est de la destinée universelle de l'humanité entière. Ce ne sont pas quelques passions particulières ou passagères qui sont aux prises; ce sont toutes les passions qui, secrètement, se coalisent ou s'entrechoquent dans un mystère de haine et d'amour.

L'amour ! Peut-être serait-on tenté de croire que l'absence de tout amour profane, — de cet amour qu'on regarde volontiers comme le principal ou le nécessaire ressort de toute action dramatique, — peut compromettre l'intérêt scénique et la puissance littéraire du spectacle : qu'on se détrompe. Et, s'il est permis d'emprunter à Platon les termes de son langage païen pour rappeler qu'au-dessus de l'Amour terrestre, dont l'ardeur ne va qu'à engendrer pour la mort, s'allume l'Amour céleste qui produit pour l'immortalité, on ne peut méconnaître que *la Passion*, capable de concevoir et d'enfanter au prix du sang divin une humanité régénérée, doit saisir plus foncièrement les âmes qu'aucune aventure romanesque. La passion humaine est égoïste ou, du moins, singulière ; on ne peut s'y intéresser que par l'hypothèse de la sympathie ; la Passion divine est, par définition, tellement universelle qu'elle pénètre réellement chacun de nous et que le drame est tout entier au cœur de tous.

D'où l'on voit que, si partout ailleurs l'on est réduit à opposer l'art à la réalité et la fiction dramatique à la vérité historique, c'est moins par l'effet d'une exigence essentielle à l'art même qu'en raison du caractère partiel, défaillant, des sujets communément proposés à la scène. Le Drame de l'Homme-Dieu, l'Acte rédempteur, au contraire, dépasse ou précède toute distinction de l'idéal et du réel, toute déformation de l'un au profit de l'autre : c'est la vie, la vie tout entière se révélant en ses divines profondeurs.

Fausse donc et meurtrière, cette conception de l'art qui attacherait uniquement le plaisir esthétique à l'invention transfigurante ou à l'ornementation surajoutée.

> De la foi d'un chrétien les mystères terribles
> D'ornements égayés ne sont point susceptibles,

disait Boileau d'un ton qui semblait n'admettre aucune réplique. C'est là l'erreur, l'erreur à la fois littéraire et religieuse, dont beaucoup d'esprits ne sont pas guéris, et dont les représentations d'Oberammergau doivent contribuer à nous délivrer. Non, l'art n'est pas un simple délassement, un caprice de la fantaisie, un placage ou un embellissement : s'il en était ainsi, ou

bien en effet l'on ne saurait « jouer la Passion » sans profanation, ou bien, en la représentant avec sérieux et conviction, l'on
ne pourrait que pécher contre les lois de la Poétique théâtrale.
Mais si l'art, au lieu d'être un simple jeu dans l'imaginaire,
tient aux racines les plus intimes du cœur et aux suprêmes
problèmes de l'âme dans ses rapports avec le Dieu caché; s'il
travaille à déchirer le voile superficiel de nos misères, de nos
routines, de nos besoins factices, de nos bagatelles accapa-
rantes pour nous révéler l'élément tragique de la personne
morale et les luttes qui décident de son sort immortel; s'il
contribue à faire agir dès maintenant le ressort parfois com-
primé, mais toujours présent en nous et si souvent tendu par
la grâce, le ressort de notre infinie destinée; s'il est un via-
tique, et s'il peut devenir une forme de la grâce même, alors
où trouver un art plus parfait, plus conforme à son idée essentielle, plus révélateur, plus fortifiant, que la représentation de
la Passion? Partout ailleurs la poésie et l'histoire ne coïncidant
pas entre elles, ne coïncident pas non plus totalement avec
nous; d'où l'apparente opposition du dramatique et du réel;
mais ici nous voici soudain face à face avec le dernier fond de
l'humanité, avec ce « sérieux incompréhensible de la vie chrétienne » dont parle Bossuet. Et de ce point de vue, c'est notre
vie ordinaire, avec ses sujétions et ses passions, qui reparaît
dans le lointain des régions inférieures, comme quelque chose
de superficiel et d'inconsistant. La Passion, c'est à la fois le
Drame par excellence et c'est notre drame à nous; elle est tout
ensemble quelque chose de vraiment universel et quelque chose
d'ineffablement intime et singulier. Compris dans son fond,
l'art est l'expression du problème dont la vie religieuse offre
la solution : voilà pourquoi il est lié au culte, prépare le culte,
suit le culte.

Ainsi donc, pris en lui-même par le philosophe, l'objet qu'on
nous présente en spectacle à Oberammergau répond avec une
incomparable précision aux exigences de l'art, sans perdre son
caractère surnaturel. Mais comment ce spectacle si sublime
pourra-t-il aussi prendre les spectateurs, se rendre accessible
aux esprits simples, entraîner les incroyants malgré leurs résis-
tances foncières, nous envelopper tous dans un même sentiment

d'admiration et de dévotion vraie? Nous n'étions encore enga-
gés, par la convention initiale, que d'une manière fictive :
comment serons-nous saisis par des sentiments si réels qu'ils
ne laisseront place à aucun retour critique, à aucun applaudis-
sement, à aucun échange d'impressions entre les spectateurs
les plus proches et les plus intimement unis? Comment de
telles scènes ne dépasseront-elles, en aucun cas et si frustes,
si froids que nous soyons, ni nos puissances de comprendre et
de sentir, ni même notre capacité de croire et d'adorer? C'est
ce qu'il faut chercher, en étudiant par quels doux et impérieux
moyens ces hautes émotions s'insinuent en nous, et de quelle
merveilleuse façon tous les éléments de l'intérêt dramatique
sont ici réunis.

II

Dans le mystère de la Passion, tout sans doute procède
d'un dessein dont les inépuisables convenances fuient devant le
regard qui les contemple, mais en même temps tout s'y révèle
et s'y incarne en des faits très simples et très concrets, en des
caractères très clairs et très typiques qui ne parlent pas moins
aux sens qu'à l'âme. Et réciproquement les moindres détails,
— les plus contingents en apparence, — sont expressifs d'une
vérité absolue : point d'arrangement à faire, point d'adapta-
tion, point d'application détournée, ni de résurrection fictive.
L'histoire vivante qui se déroule à nos yeux est donc adéquate
à l'essence même du drame divinement humain qui, d'un point
de l'espace et de la durée, domine les siècles et les générations.

I. — C'est là d'abord le sens, l'utilité, la beauté de ces
tableaux vivants qui, avant chaque scène, évoquent les figures
prophétiques, les épisodes touchants ou terribles de l'Ancien
Testament, et qui, du fond des âges, appellent en témoignage
au pied de la Croix tout ce qu'il y a eu de grandeurs et
de misères, de crimes et de souffrances, d'aspirations et de
générosités humaines, le désespoir de Caïn ou la patience de
Job, la révolte d'Absalon ou le départ de Tobie sous la béné-
diction et les larmes de sa mère, le triomphe d'Esther ou la

trahison de Joab, les épines au seuil du paradis perdu ou la manne dans le désert. S'il est vrai qu'une émotion est dramatique et communicative dans la mesure même où les harmoniques sont donnés avec la note fondamentale, quelle ampleur ces tableaux n'ajoutent-ils pas au drame, et, loin d'en briser l'unité, comme ils en montrent la portée, comme ils en manifestent l'éternel intérêt, comme ils en prolongent à l'infini le retentissement !

Devant ces visions qui, paraissant surgir des assises mêmes de l'histoire et du cœur humain, peignent à nos yeux les récits vénérables dont se sont nourris nos rêves d'enfant ; en face de cette immobilité hiératique qui semble fixer l'action de l'homme dans son geste ébauché et la suspendre pour jamais inachevée à l'œuvre seule parfaite du Christ, l'on se sent saisi d'un frisson sacré. L'on éprouve jusqu'à l'angoisse l'impression que rien ne s'expliquera, ne s'équilibrera, ne se dénouera sinon par l'Acte qui donnera à la vie humaine sa mesure exacte et son prix divin. Si, pour annoncer le chemin de la Croix, le sacrifice d'Isaac et le serpent d'airain élevé par Moïse dans le désert pouvaient encore servir d'images, il n'y aura donc plus, avant le crucifiement même, aucun tableau symbolique, parce que la réalité sanglante dépasse là toutes les figures prophétiques.

Et lorsque, sous ces symboles, l'on s'est exercé à découvrir le rapport qu'ils ont avec le Drame du Calvaire, l'âme est ainsi préparée à saisir, par un nouveau progrès de la méditation, le sens des scènes évangéliques ; elle pénètre désormais, sous l'histoire du Christ, le plan qui y préside ; elle voit, non plus les sentiments et les décisions résulter du concours des circonstances, mais les événements procéder librement de la pensée et de l'amour d'un Dieu. Le drame de la Passion ne sera qu'une crise ; il obéira pour ainsi parler à la règle classique des trois unités ; mais son véritable champ, c'est l'éternité et l'immensité ; c'est Dieu et ce sont les âmes.

II. — Pour nous aider à interpréter ces figures prophétiques, et comme pour nous faire entendre la mélodie ininterrompue de notre vie la plus secrète, un chœur explique en strophes chantées la signification de chacun des tableaux vivants. Près de vingt fois il reparaît sur la scène sans jamais lasser l'intérêt : on l'attend, on l'écoute, on l'aime, parce qu'il est le cantique, la prière et la voix de ces muettes et immobiles évocations du passé.

Et il est aussi notre voix et notre conscience, à nous : c'est pour cela qu'on l'appelle justement d'un doux nom intime, le Chœur des Anges Gardiens. Mieux que le héraut des vieux drames allemands ou que le chœur de la tradition antique, il nous prépare aux leçons des événements en les éclairant à la lumière de la sagesse révélée; il relie notre bassesse à leur sublimité; il nous rend acteurs nous-mêmes, en découvrant dans les mobiles qui font agir les contemporains du Christ les causes ordinaires de nos actes; il mêle son doux chant lyrique, puisé dans les Livres Saints, à l'épopée sublime et au drame qu'il unit dans une même méditation recueillie.

C'est ainsi que, dès le début, le coryphée et les vingt-quatre choristes, parés de leurs couronnes d'or, de leurs longs cheveux, de leurs manteaux traînants qui forment une double gamme de tons éclatants et doux comme un parterre de cinéraires, entr'ouvrent leurs rangs pour laisser apparaître d'abord Adam et Ève courbés sous la menace de l'Ange qui les chasse de l'Éden, puis la Croix nue, dressée au sommet du Calvaire : sublime contraste, qui, au premier regard, fixe les deux pôles du christianisme, les termes entre lesquels se meuvent les destinées de l'humanité. Et le drame même commence.

III. — Tout à coup l'Hosannah retentit, les acclamations approchent : avec les transports d'une joie grave, parmi le frémissement des palmes, sur la jonchée des vêtements et des étoffes éclatantes, un cortège de triomphe se déroule lentement — lentement, comme pour retarder l'apparition désirée et redoutée de l'Attendu. Quelle rencontre ! C'est Lui, Lui qui s'avance, monté sur l'ânesse, Lui dont la pensée est si manifestement loin de ce triomphe qui avive l'angoisse de son heure prochaine, Lui qui domine tout et qui est humble. Il entre au Temple; et sa majesté n'a d'égale que sa mansuétude; il aperçoit les marchands qui étalent leurs trafics, sans respect pour le lieu saint; il les chasse, avec une autorité qui prévient toute résistance : les tables sont renversées, l'argent roule à terre, les colombes s'envolent. Meurtris et humiliés, les vendeurs s'enfuient la rage au cœur en criant vengeance, tandis que la foule redouble ses acclamations et que les prêtres contiennent mal leurs jalouses fureurs.

Quelques minutes, quelques paroles, quelques gestes ont suffi pour que l'exposition du drame soit parfaite... Nul besoin d'en suivre ici le progrès : tout est connu d'avance; et pourtant, à la scène, tout paraît nouveau, comme si l'on n'avait jamais lu l'Évangile, comme si l'on ne l'avait jamais compris, ni cru, ni réalisé. Et ce qu'on en savait, ce qu'on en aimait déjà, semble n'être plus qu'une matière de réflexions imprévues, qu'un remède contre la curiosité des sens, qu'un tremplin pour l'élan du cœur.

A la scène, en effet, le plaisir de la surprise est éphémère, plaisir subalterne et sans retour qui ne survit pas au premier moment. La vraie jouissance esthétique, celle qui dure et se renouvelle, c'est le plaisir de comprendre, d'enchaîner, d'expliquer complètement les événements et les caractères; c'est la satisfaction de dominer, d'un point de vue supérieur à l'espace et au temps, les attitudes, les inquiétudes, les incertitudes des acteurs. D'où naît le sentiment de la beauté dramatique, sinon de cette vision prophétique qui embrasse le développement d'une vie et d'une destinée, de cette intuition divinatoire qui met en quelque mesure le spectateur dans le secret de l'éternité et de Dieu, qui fait de notre raison une sorte de Providence intérieure au progrès logique des faits et des passions.

Mais où donc ce plaisir pour ainsi dire divin saurait-il être goûté plus pleinement qu'ici où tout contribue à le produire et à le justifier? D'une part, en effet, à nos yeux dessillés tous les détails du drame, attendus et comme déduits, sont la traduction dans les événements mêmes d'un dessein dont nous ne nous lassons pas de sonder les harmonies mystérieuses. D'autre part, aux yeux voilés des acteurs, la confusion règne encore : nous assistons aux luttes, aux souffrances, aux efforts généreux, aux tentations, aux colères, aux haines d'hommes qui ignorent où ils vont, et qui s'agitent tandis que Dieu les mène sans les décharger de leur responsabilité. Et ce mélange d'ombre et de clarté, qui est bien l'image de notre condition présente, est ici plus que partout ailleurs l'une des causes les plus certaines de l'émotion dramatique.

Que faudra-t-il dire maintenant du personnage incomparable qui, par hypothèse, subit et sent en homme toute la succession douloureuse du sacrifice, mais qui en même temps connaît et veut en Dieu cette agonie et cette mort dont la claire vision perpétue les douleurs? A ses yeux, plus qu'aux nôtres encore, la croix étend partout son ombre : c'est la plénitude de la clarté en face des ténébreux complots; c'est le supplice accepté, désiré, pressé par la victime même et par amour pour ses propres bourreaux. Il y a là une accumulation d'effets pathétiques qui oppresse d'une angoisse sans analogue le cœur du spectateur, un état d'âme auquel s'attache passionnément l'effort tout spontané de notre analyse sans jamais réussir à le scruter jusqu'en ses dernières complications. En cela consiste la beauté unique d'un tel rôle : un rôle: oui, le Christ, sans excéder l'humain et sans abaisser le divin, est bien ici, en un sens plus profond que le sens antique, *persona*. Et si la scène qui nous montre la Vierge approchant du détour de la voie sanglante où elle va rencontrer son Fils, ou bien surtout si la scène des adieux de Béthanie arrache les larmes de tant d'yeux, ce n'est point seulement parce que la perspective des souffrances prochaines et volontaires est plus douloureuse que le coup même de la mort; ce n'est point seulement non plus parce que, de toutes les scènes du drame évangélique, celles-là peut-être font éclater davantage dans l'amour divin les tendresses humaines; ce n'est même point parce que, la grande souffrance des âmes généreuses étant, non de souffrir, mais de voir souffrir, mais de faire souffrir ceux qu'on aime, nos cœurs saignent de la Passion du Fils dans la Mère, de la Douleur de la Mère dans le Fils; c'est parce que, suspendus sur l'abîme de l'âme du Christ, le vertige nous prend, dans l'étreinte des émotions inaccessibles où viennent s'entrechoquer jusqu'en nous l'Humanité et la Divinité de Jésus agonisant.

IV. — Ce n'est pas tout encore. Il faut épuiser ici tous les éléments habituels de l'intérêt dramatique et les porter au-delà de leur mesure commune. Ce qui d'ordinaire nous attache aux jeux de la scène, c'est ce sentiment double qui berce et caresse

en quelque sorte, par sa complexité oscillatoire, l'imagination
du spectateur : d'un côté, la conscience que l'acteur s'identifie
à son rôle pour faire vivre le personnage qu'il crée vraiment et
pour donner en lui l'illusion de la réalité ; de l'autre côté, la
conscience permanente que c'est là un jeu et une fiction dont
l'esprit critique aime à se faire juge.

Or, nulle part comme à Oberammergau, on ne sent la dispro-
portion du rôle et des humbles acteurs qui le jouent ; mais, nulle
part autant que là, on ne peut dire que la fiction devient une
réalité, puisque les acteurs cherchent à participer substantiel-
lement à ce qu'ils représentent ; puisque, obéissant à un vœu,
ils souhaitent, en jouant, faire œuvre de chrétiens ; puisque,
avant de jouer et pour jouer, ils s'agenouillent, ils prient, ils
communient au Christ ; puisque, à la lettre, ils veulent manifester sa vie permanente et sa présence réelle à travers les
âges. Selon le sens qu'on donne au mot, ils sont donc plus
et moins « acteurs » que quiconque ; et ils ne font ainsi que
nous servir de médiateurs et d'interprètes, comme par une forme
de sacerdoce.

C'est qu'ils ont grandi dès l'enfance dans le sentiment du
« ministère (1) » qu'ils doivent avoir un jour à remplir. Par
un noviciat prolongé, par une méditation constante, par l'héri-
tage d'une tradition qui a accumulé toutes les expériences du
passé, ils se sont si intimement pénétrés de la vive réalité qu'ils
incarnent, qu'elle ressuscite en eux : au point qu'ils n'ont qu'à
paraître, qu'à se mouvoir pour manifester la sincérité de leur
personnage ; d'où ce naturel excellent et cette simplicité par-
lante qu'aucun artifice ne réussirait à égaler. C'est à l'invention des plus petits détails qu'on découvre, en chaque expression, en chaque attitude, un charme imprévu et une émotion
originale. Jamais l'effort de l'imagination la plus précise n'évo-
querait l'intense vérité de ces scènes où cinq cents acteurs
expriment la ferveur de leur foi artistique et chrétienne, héri-
tière de dix générations de chrétiens et d'artistes.

Et, malgré tout, comment croire que le personnage du Christ

____

(1) L'étymologie historique du mot « mystère de la Passion » est, en effet, *minis-
terium*, fonction exercée par les Confrères de la Passion.

puisse supporter, sans faiblir, le poids de l'immense attente ?
Ce prodige même est possible. Joseph Mayer qui, pour la troisième fois en 1890, avait reçu l'honneur accablant de représenter Jésus, réussissait dans son jeu à tempérer si parfaite-
ment l'énergie souveraine par l'humble bonté, et la majesté par
la grâce et la mansuétude, qu'on lui savait gré de ne pas offrir
aux sens ce genre de beauté qui plaît à la frivolité : il révé-
lait celle qui rayonne de la grandeur morale et de la force de
l'âme. Je le vois encore. S'il descend de l'ânesse, c'est comme
soutenu par une invisible main, avec une dignité royale. S'il
s'arme d'un fouet de corde contre les vendeurs, c'est sans
rudesse, avec l'autorité d'un juge, dans un calme divin. Si on
l'acclame, son visage reste voilé par la pensée des humiliations
et du gibet où il marche. Si ses amis pleurent à l'heure des
adieux, une impression de sérénité céleste enveloppe sa douleur
et se répand comme un baume. S'il distribue silencieusement
à ses Apôtres le pain et le vin mystiques, il a pour chacun un
regard et une grâce particulière à laquelle répond une muette
action de grâces et une expression nouvelle de reconnaissante
vénération. S'il se donne au traître que nous ne pouvons voir
tremper ses lèvres au calice sans un frisson, il le sollicite encore
par la douceur et la douleur de tout son maintien. S'il est frappé,
jeté à terre, souffleté, on sent à la sainteté de sa patience que
la conscience de sa divinité même ne l'abandonne pas, non plus
que l'ardeur amoureuse qui, d'avance, le cloue à la croix : sous
les bâtons des soldats qui enfoncent la couronne dans son front,
ne soulève-t-il pas la tête en regardant vers son Père, comme
s'il avait hâte de recevoir la royauté suprême de la souffrance
et de l'immolation ? Si, sur le bois même du supplice, ses
membres liés et tendus, ses veines gonflées, ses épaules meur-
tries lui sont une vraie torture, il trahit et domine cette douleur même en une expression de force et de résignation qu'aucune émotion n'égale.

Mais cette émotion même qui vient d'étreindre nos poitrines
devant la croix chargée de son fruit de vie, et qui ne saurait
être surpassée, n'est point de celles qui s'épuisent, comme si
elle tenait uniquement à la surprise ou à la secousse des sens.
Même après le crucifiement et le sacrifice, le poignant intérêt

du spectacle ne saurait faiblir. Ici, la mort ne termine rien : elle est plutôt un commencement. Le Drame du Calvaire n'est jamais achevé, puisqu'il se perpétue en nous et pour nous. Et c'est pour cela que la scène de la Descente de Croix, toute muette qu'elle soit, suscite des émotions nouvelles par son silence même qui appelle nos méditations plus intimes.

V. — Le principal élément de l'intérêt dramatique, en effet, ce n'est point cette simple intuition qui nous associe tout spéculativement au jeu divin de la Providence ; c'est notre coopération virtuelle et comme ébauchée avec les acteurs du drame dont nous retrouvons au moins en germe les passions et les résolutions dans notre fond secret. Nous ne nous bornons pas à voir les choses se faire ; nous imaginons que nous les faisons nous-mêmes. — Que sera-ce donc si ce n'est point là une imagination, mais, à la lettre, une vive réalité? Que sera-ce, si nous avons conscience d'être plus acteurs que les acteurs, et de produire effectivement ce qu'ils se bornent à jouer ou à représenter? si, pendant le grand et mystérieux silence de la communion des apôtres et de Judas, nous faisons invinciblement un retour vers nous? si, devant les calculs des Pharisiens, devant leur zèle, leur aveuglement, leurs prétextes spécieux, nous nous demandons, en contemporains du Christ, à quel titre nous aurions su le discerner et mérité de le suivre? Que sera-ce enfin si, plus encore que nous ne voyons et ne comprenons, nous nous sentons compris et vus, vus même par ces yeux morts, vus à fond et sans cesse par cet « Ami des Ames » qui, avec une infinie souplesse, approprie ses miséricordes et ses sévérités aux mouvements les plus fugitifs du cœur, vus au Calvaire même et déjà présents à la pensée de Celui qui, du haut de son gibet, a épousé l'humanité entière : *Me, me; adsum qui feci.*

Voilà bien le secret de l'émotion vraiment neuve que nous sommes tout surpris d'éprouver. Non, ce qui nous frappe surtout d'étonnement, ce n'est point l'impérieuse et sublime logique du dessein rédempteur; ce n'est point le caractère insolite d'un événement unique dans l'histoire du monde : tout au contraire, c'est la simplicité très ordinaire des faits et des sentiments qui se succèdent selon l'ordre habituel de notre connaissance, au milieu des incertitudes accoutumées de notre action. Rien n'est entré encore dans l'immuable passé; tout est à faire, tout semble évitable, tout paraît appeler notre intervention secourable, notre pitié préventive, notre dévouement actuel et utile. Nous vivons au moment où à la question de Marie : « Mon Fils, où vous reverrai-je? » nous recevons avec elle ce glaive au cœur : « Mère, là où doit s'accomplir cette parole : Il a été conduit à la mort comme un agneau à la boucherie, et il n'a pas ouvert la bouche pour se plaindre. » Et puis, tout est si simple, si proche de nos pensées communes et de nos tentations coutumières (1)! Quoi donc, ces grands intérêts ont pu se décider et ils se décident encore chaque jour sous des apparences si banales? Quoi, cet événement unique et universel s'est accompli et il se renouvelle avec cet humble appareil? On sait bien, sans doute, que ce n'est pas le Christ qui est là; et pourtant l'on sent, comme on ne l'avait jamais fait, qu'on aurait pu se rencontrer ainsi avec lui, qu'il nous eût apparu comme un homme quelconque, qu'il aurait fallu le reconnaître dans son abaissement. Sommes-nous assurés de n'avoir rien de la pusillanimité de Pierre, rien des lâches terreurs des apôtres ni de leurs vues intéressées, rien du faux zèle d'Anne et de Caïphe, rien des routines, des étroitesses et des ambitions pharisaïques, rien de l'aveugle grossièreté des soldats dont le bon sens et l'esprit positif alimentent les plaisanteries très naturelles, rien, ose-t-on le dire, rien de Judas même : pas plus que nous, il ne prévoit, il ne veut le péché déicide; comme nous, las d'espérer le règne du Christ vainqueur, il trouve qu'en restant avec Lui « on ne peut attendre que pauvreté continuelle et humiliation, peut-être persécutions et cachots »; comme nous, il escompte son absolution : « Si le maître triomphe... eh bien, je me jetterai à ses pieds, je lui demanderai pardon. Il

(1) On ne saurait trop loin, dans le texte de la Passion, l'absence de tout effet et de toute recherche littéraire, le respect de la vérité évangélique et de la vérité humaine. Point d'autre souci que celui de nous détromper, de nous empêcher de croire que les événements du Calvaire ont eu un caractère anormal qui nous aurait mieux éclairés que les circonstances quotidiennes de notre vie. Point d'autres traits que ceux qui partent du cœur : ainsi, au moment de la trahison et de la capture, tandis que les soldats armés s'avancent, tous les apôtres s'écrient : « Ah! nous sommes perdus! » Seul Jean est attentif aux blessures de l'amour trahi : « Oh! voyez, Judas est à leur tête. »

est si bon ! » Tous les rôles, nous les prenons nous-mêmes.
« Le cœur humain est foule » ; et la foule des amis et des enne-
mis de Jésus vit en notre cœur.

Et alors, nous sentons se remuer en nous tout ce qu'il y a
de meilleur et de pire, d'amour compatissant et de crainte
égoïste. Il semble parfois aux âmes serviles ou puériles que le
Christ n'a pas souffert comme nous, autant que nous, parce
qu'il était clairvoyant et innocent : mais c'est justement pour
cela, et nous le comprenons désormais, qu'il a souffert immen-
sément davantage ; car il portait non seulement la peine, il
portait aussi la douleur de tous les dénis de justice, de toutes
les vilenies dont sont chargés les coupables et dont sont vic-
times les innocents. Il s'est substitué à la fois aux pécheurs
persécuteurs et aux justes persécutés, nous prenant tous en lui
pour nous pardonner et nous soulager, pour épuiser l'amertume
du mal incurable et pour préparer le chant des miséricordes
immortelles, pour subir la haine de l'enfer et pour répandre
l'amour du Royaume de Dieu. Et enfin, par un retour spontané, c'est nous qui prenons en nous cette immensité des
sentiments divins pour nous les appliquer et nous y configurer.
C'est donc nous qui nous jouons à nous-mêmes, et chacun
pour soi comme dans la solitude, le Drame du Calvaire, en
l'adaptant, avec la précision et la variété de la vie, à toutes les
exigences, à toutes les capacités de notre âme. Et là est le
secret de l'art vrai, d'un art dans lequel on ne conçoit même
plus qu'il puisse y avoir de l'artifice ou du mensonge.

VI. — Et par là nous touchons au dernier élément de la beauté
d'un tel spectacle. Il triomphe de l'art même par la nature.

Tout ce qui aspire à exprimer la vie et la beauté doit être
unique, sans rien de convenu, de mécanique, d'appris, de répété,
d'artificiel, d'automatique. *Omne individuum ineffabile.* Mais
alors, comment préserver, contre les froissements meurtriers
et les raideurs du machinisme, le caractère de singularité
incommunicable du Drame intime que nous nous jouons intimement sous l'excitation du spectacle extérieur ? Comment
échapper aux dangers inévitables du théâtre, et concilier les
besoins de la préparation technique avec la spontanéité de la
nature et les délicatesses nuancées de la conscience ?

C'est qu'ici les acteurs sont des paysans qui restent paysans et qui portent partout la sève de leur foi vivante et de leur sincérité robuste. Au recueillement, à la simplicité du naturel chrétien qui sont, en pareil ordre, la suprême parure, l'intervalle de dix années qui sépare les représentations est salutaire, est nécessaire. Ils s'exercent sans doute à leur rôle, ils le méditent, tout en travaillant à la sculpture sur bois qui est la principale industrie du pays; mais c'est en quelque sorte pour façonner les âmes, pour modeler peu à peu les corps et les gestes, pour les rendre dociles à la pensée qu'ils ont à exprimer. Chez cette race germanique, lente mais tenace, les idées, à force d'application, finissent par pousser de fortes racines et par soulever la pesanteur naturelle des esprits : le sens artistique s'est développé peu à peu chez ces montagnards; l'affinement héréditaire de leur goût, leur respect pour une tradition vénérable, la vitalité de leur foi a fait cette merveille que de l'univers entier l'on vient contempler aujourd'hui. Devant ce spectacle, on songe à ces vieilles cathédrales si lentement construites, où chaque pierre a son éloquence, parce que l'obscur artisan qui l'a taillée y a mis quelque chose de son rêve et de son cœur. Ici pareillement on admire comment, dans cette œuvre séculaire dont le peuple pénètre profondément le sens et garde la jeunesse, le moindre figurant s'acquitte avec amour et dévotion du rôle le plus humble : c'est ce sérieux, cette discipline, cette initiative, ce dévouement qui, fécondés par l'inspiration chrétienne et par la patience de plusieurs générations, glorifient, dans une œuvre aujourd'hui sans égale, les ressources du génie populaire. C'est la *chrétienté* vivante.

Et pour que le spectacle ne soit jamais identique à lui-même, pour qu'il participe à l'indéfectible nouveauté de la nature, pour qu'il soit toujours varié et vivant, voyez encore comme il se mêle au monde réel ou plutôt comme il l'attire à lui et le soumet à ses fins! Nous sommes en plein air : quel autre drame que celui-là oserait chercher et trouverait dans la vérité de la nature un surcroît d'illusion? Les montagnes, jetées comme une verte écharpe derrière la scène, associent la nature alpestre à la grandeur du spectacle : vers l'est, elles dominent de leurs hautes croupes le palais du grand prêtre, puis elles s'inclinent vers le nord pour reparaître au-delà du fronton central, sous l'un des arcs qui nous ouvre une vue sur l'intérieur de Jérusalem. Que l'œil a de plaisir à revoir, dans le fond même du décor, le ciel et ces crêtes onduleuses qui fuient au loin vers la basse vallée de l'Ammer : leurs flancs couverts d'un gazon pâle et tachetés de maigres bouquets de pins forment un tableau original, presque un paysage de Provence ou d'Orient ; et quand le soleil colore tout ce fond des jeux de sa lumière, quand sous ses brûlants rayons se meuvent, avec la libre allure de leurs habitudes populaires, têtes, jambes et bras nus, ces hommes, ces enfants aux costumes pittoresques, ces simples et ces laborieux qui sont vraiment l'Évangile en action, quand le passage des nuages, les bruissements de la vie, la marche même du jour depuis la fraîcheur du matin et l'immobile éclat du midi jusqu'à l'heure recueillie des vêpres accompagnent, comme il y a dix-huit siècles, les stations douloureuses et « l'ardent combat du Christ », c'est en toute vérité que le passé n'est plus qu'un présent éternel, et que, transportés au pied des collines de la Judée, nous montons au Calvaire à la troisième heure, tandis que la pourpre du soir tombe sur la Croix dressée.

Peut-être ces analyses, qui ne peuvent suppléer en rien à l'impression du spectacle même, suffiront-elles cependant à le justifier devant l'esthétique et devant la piété. Il est beau ; il est salutaire. L'art et la dévotion s'y rencontrent et s'y épousent. Le fidèle le plus exercé à la méditation découvre, sous les espèces nouvelles qui lui sont offertes, une impression tout imprévue de vie plus riche, une réalité pénétrante et rayonnante que le travail de son imagination solitaire n'aurait pu lui procurer. Et l'incrédule le plus habile, dans le silence de son cabinet, à faire évanouir au feu de la critique le personnage traditionnel du Christ, demeure invinciblement frappé par tout ce qu'il y a, dans les scènes évangéliques qui se déroulent à ses yeux, de consistant, de cohérent et, à vrai dire, de vécu. Ce n'est pas impunément qu'on entre, fût-ce pour quelques heures et par une sorte de condescendance provisoire, dans l'intimité du christianisme. La convention dramatique à laquelle aucun spectateur ne se refuse prépare l'intelligence ; l'intelligence du mystère enfante l'admiration ; l'admiration ouvre les âmes. La parole de saint Ambroise demeure vraie : *Non in dialectica Deo complacuit salvum facere populum suum*. Des larmes ont coulé à Oberammergau, qui, peut-être, ne seront point perdues, puisqu'elles auront préparé la visite dernière de cet « Ami des Ames » que chantait le chœur. Si la splendeur d'une cathédrale de pierre est une apologie en action, combien le sera davantage encore l'édifice spirituel où la beauté intelligible et mystérieuse tout ensemble du Drame du Calvaire nous a introduits ! Nous montrer le Christ, nous faire comprendre et admirer l'Évangile, réaliser devant nous et en nous le mystère de Jésus, n'est-ce point là, et pour toujours, la véritable démonstration chrétienne ?

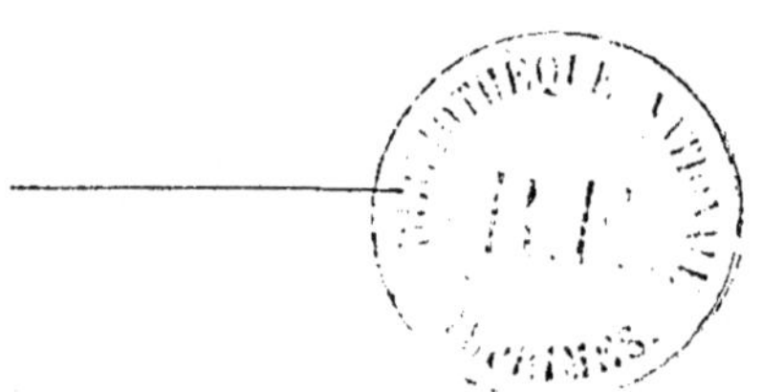

LA CHAPELLE-MONTLIGEON. — IMPRIMERIE DE N.-D. DE MONTLIGEON.

LA "QUINZAINE"

Revue Littéraire, Artistique et Scientifique

PARAIT LE 1ᵉʳ ET LE 16 DE CHAQUE MOIS

PARIS, 45, Rue Vaneau, PARIS.

Le 1ᵉʳ novembre 1899, **LA QUINZAINE** est entrée dans sa sixième année d'existence.

Dans ce bref espace de temps, elle a pris une place importante au premier rang de la presse périodique, et son succès va s'affermissant tous les jours.

Placée depuis le 1ᵉʳ avril 1896 sous la direction de M. George Fonsegrive, l'auteur bien connu de l'*Essai sur le libre arbitre*, des *Lettres d'un Curé de campagne*, des *Lettres d'un Curé de canton*, du *Journal d'un évêque* et de plusieurs autres ouvrages que le public simplement philosophique et lettré n'apprécie pas moins que le public catholique, **LA QUINZAINE** fait nettement profession de dévouement au catholicisme.

Le patriotisme et l'amour qu'on y professe pour les institutions sociales les plus nouvelles et les plus hardies n'empêchent pas qu'on y admette l'expression documentée de toutes les opinions libres.

LA QUINZAINE est ouverte à toutes les compétences, et se fait gloire de n'appartenir à aucune école fermée, à aucun parti étroit.

Une brillante pléiade de rédacteurs venus de la presse libre, de l'Université, de l'Église, où se rencontrent, à côté de membres illustres de l'Institut et des maîtres les plus respectés, des talents plus jeunes mais non pas moins valeureux, lui ont conquis les faveurs du public.

Le prix de l'abonnement est de :

	Un an	Six mois	Trois mois
Paris, France.	**24** fr.	**14** fr.	**8** fr.
Étranger (Union postale). .	**28** fr.	**16** fr.	**9** fr.

Abonnement spécial pour le Clergé et l'Université :

France, un an	**20** fr.
Étranger, un an	**24** fr.

Ces abonnements ne peuvent être pris pour moins d'un an.

LA QUINZAINE est donc de toutes les grandes revues celle qui est le meilleur marché. Elle donne tous les quinze jours 144 pages de texte grand in-8° qui forment au bout de l'année six beaux volumes de 576 pages.

LA QUINZAINE envoie un spécimen gratuit sur demande affranchie.

LA QUINZAINE accepte l'échange avec les publications qui s'engagent à reproduire ses sommaires.

LA CHAPELLE-MONTLIGEON. — IMPRIMERIE DE N.-D. DE MONTLIGEON.